현대시세계 시인선 133

헛것이 헛것을 기다리는 풍경

서미경
시집

헛것이 헛것을 기다리는 풍경

서미경
시집

도서
출판 북인

시인의 말

멈춰섰던 길이 자꾸 발목을 당깁니다.
엎어지고 일어나고 숨어서 뒹굴고
가끔 입술을 깨물기도 했습니다.

어쩌겠습니까?
이미 깊숙이 접어든 길이어서 돌아갈 곳을 알지 못합니다.

당신의 상처에 닿을 수 있다면
쓰고, 또 쓰고, 다시 쓰겠습니다.

참 맑은 가을 하늘입니다.

2021년 10월

차례

1부

중독

어둠의 무게를 털어낸다
삐걱거리는 관절들을 적시고 지나가는 모닝커피
가끔은 명치에 걸려 소용돌이친다

덩굴식물처럼 번지는 습관은
쓸데없이 향기의 내력을 뒤적이게 한다
가슴속은 이미 포화상태인데
가리고 뺄 것들이 뒤죽박죽인데

저녁 별처럼 반짝했던 순간들
차갑게 녹여주던 애간장도
뜨끔거리는 가슴에도 얼음처럼 박혀서
금방 풀무에서 꺼낸 쇠붙이처럼

울음보다 붉은 중독

그것도 꽃이라고
명치끝에 화들짝 핀다

질문 받지 않겠다

— 아테네 신과 베 짜기를 겨루던 아라크네의 모든 종은
꽁무니가 열려 있는데

발바닥에 불이 나도록 뛰어다니는 나는
누구와 힘을 겨루는 것일까

허공에 줄을 거는 거미와
맨땅에서 허방을 밟는 내가
하늘을 쳐다보지 않는 습관에 대하여 곰곰 생각한다

한껏 휘었던 풀잎이 후르르 털고 일어서듯
처음부터 잘못 그려진 설계도를 믿지 않기로 한다

거미가 허공에 그물을 펼치는 잠깐의 시간이 눈부셔
엮을 인맥도 없는 나를 더듬어
거미의 그물 공법을 훔치고도 싶은데
제가 친 그물에 제가 걸리기도 하는 거미는
수시로 그물을 끊어낸다지만

끊어낼 수 없는 팔다리를 흔들며

거꾸로 매달려 선잠을 뽑는 나에 대하여
질문 받지 않겠다

거미도 제 다리를 주무르는 어떤 시간이 있을 것이다

애장터*

길모퉁이만 돌아서면 마을이 보인다
해걸음이면 아이들이
뜀박질 선수가 되는 저 옆으로
눈물로 쌓아올린 돌무더기를
엄마 없는 집이라고 부르는데

상구아버지 그림자 술지게미처럼 비척비척 지나가고
밤마다 우는 들고양이 울음에
엄마 없는 집 아이들이 엎드려 운다고
강물처럼 시퍼런 젖가슴을 문지르며
상구엄마 맨발로 쫓아가곤 한다는데
끌어안았던 울음소리도 젖가슴도
아침 안개처럼 지워질 거라고
문 앞 미루나무 이파리 후르르 흔들리는데

몰랐다

밤마다
가슴에 달맞이꽃
피고 지는 것을

돌무덤도
꽃으로 핀다는 것을

.

*애장터 : 어린아이의 무덤 자리.

간이역

학점과 날숨이 급하게
발 동동거렸을 것이다
학점은커녕 바람 한 점 없는 나는
지하방에 벗어놓은 양말 툭툭 털어내며
여름을 견디고 있었다
또 학자금을 털러가는 전라선의 난간
철로가 저물녘 가장의 허리처럼 휘어지도록 뜨거웠고
철길 끝으로 불덩이 같은 칸나 꽃이 악착같이 따라왔다

민주와 함께 불어오는 화염 속에
먼지처럼 사라지는 것들이 있었지만
그게 청춘이라는 것을 이제는 안다

둘둘 말아온 신문지를 벗어내듯
"애야~ 쓰리꾼 조심하거라"를
조심스럽게 벗어던진 간이역 화장실

월 말이면 느끼는 강한 절망에도
떠올리고 싶지 않은 간이역

외등이 하얘지는 밤이면
긴 그림자 나를 훔쳐보는 꿈을 꾼다

저녁에 넘어지다

진부하게도,

노을을 밟고 모여드는 어깨들 모두 이름이 있다

늙은 만큼 늙은 자전거의 녹슨 페달 소리

비 맞아 틀어진 문짝처럼 뒤틀린 관절을 끌고 가는 신발 소리

문 밖까지 자글자글한 아옹다옹이 대문을 민다

운동화를 빨아 널고, 아궁이에 불을 지피고,

설설 끓는 가마솥 물을 퍼나르며

골목 끝으로 시린 눈길을 보내면서

뉘엿뉘엿과 함께 옹기종기가 되는 식솔들

저문 저녁 양귀비꽃처럼 붉게 물드는 이름

서로가 서로에게 물들어가는

저녁이 자꾸 발목을 당긴다

엄마는 냄비를 끓였다

호박과 어스름이 함께 뭉그러지면서
밥물처럼 잦아들던 저물녘

둥근 밥상에 둘러앉은 바쁜 숟가락질에
눈을 떼지 못하던 시퍼런 가슴이

아궁이 앞 부지깽이처럼 시나브로 타오르고

낯익은 냄새에
빈 숟가락 얹은 손
더는 비울 것도 없는
냄비 속 같은 어머니

빈 아궁이 들여다보며
서늘한 가슴을 지피고 있다

시도 때도 없이 끓는 어머니의 빈 냄비에
설익은 저녁을 눌러 담는다

봄눈을 면회하다

세상에, 손님을 대놓고 차별하는 식당이라니

메뉴판에도 없는 메뉴

아무에게나 내주지 않는다는 음식이 있는 그곳에 마음을
앉힌다

군화 발자국 몇몇 아니어도

눈발 속으로 더 올 사람이 있을 것 같지도 않은데

이름표도 없는 손님을 꼭 찍어내어

충성 국밥을 내놓는다

옆 테이블을 어깨 너머로 건너다보면

뚝배기와 숟가락이 동시에 앉으며 '충성'을 외치는 식당

군화가 삐끗하며 눈물을 흘렸을까 덤이라 생각한 국물이

넘치고 있다

　문밖까지 넘쳐나는 충성 소리 등으로 받으며

　봄에 날리는 싸락눈을 두고 온다

　무엇을 짐작하셨을까

　눈발 참 조용하시다

용산사*에 다녀 간다

부처님, 나무 쪼가리 두 개가 같은 방향으로 엎어지면 제 소원을 들어주실 건가요

두 손을 포개 던진 소원들이 마당 가득 뒤집어지고 어긋난 관절들
넙죽넙죽 엎드리는데
절집 뜨락에 흩어진 백일홍 꽃잎 뒤돌아 웃는다

수없이 던진 눈웃음도 비웃음도 오늘은 염화시중 미소가 된다

멀리 와서 기껏 닦아세운 소원 하나
돌무더기만 봐도 굽신거리던 그의 모습 같아
후다닥 극락전 문지방을 넘는다

이루어지지 않은 것들이 가끔 목구멍을 치받는다

*용산사 : 대만에 있는 절, 나무 가락 두 개를 던져 같은 방향으로 엎어지면 소원이 이루어진다고 한다.

야자수가 눕는 법

산길에 엎드려 있는 야자수 줄기들
몸속에 몸을 꺼내 먼 시간을 끌고 와 있다
생을 마친 뻣뻣한 기억이
스치는 발자국을 받는다

비릿했던 바람의 기억도 들큰했던 허공도
바닥에 누운 채 죽은 듯 살아 있는 것들을
꿈속으로 밀어넣으며
알약처럼 받든 발자국의 통증들이
별빛으로 어룽인다

가끔 발끝을 깨물고 지나가는 유성이 반갑기도 하지만
카리브의 밤이 보내온, 이미 다 식은 전갈일 뿐이어서

이국의 새소리가 더 가깝게 들리는 아침

흩어진 발자국들을 남쪽으로 줄 세우는데
죽어, 다시 사는 가슴을 밟고 지나가는 무심으로
산이 깨어난다

어떤 공식

아파트 맨 아래층 햇님어린이집 앞에
오종종 모여 있는 작은 화분마다 이름표가 있다

그늘에 놓인 화분 속 이름표가
며칠째 물을 굶고 있다

길쭉한 껍질을 이고 나온 해바라기
동그란 잎의 나팔꽃, 여린 상추까지
어린이집 간판처럼 새파랗게 올라오더니

손바닥 한번 펴보지도 못하고 시들어버렸다
해바라기는 늘어난 용수철처럼 꼬이고
상추는 연체동물처럼 쓰러져 눕고
저렇게 고요해지다니.

어린이집 그늘이 화분을 들여다보고 있다
저 말없음의 위로를 못 본 척 햇살이 기웃댄다

일어나는 것들에게 손을 내미는 것은 위로도 격려도 아닌
한번의 돌아봄이거나 아무렇지도 않은 일상의 안부이다

팔월의 한낮은 뜨겁지만
때로 소나기 긋는 저녁이 다녀가기도 한다

어떤 공식으로도 읽을 수 없는 처방전 하나
햇살 쪽으로 슬멋 발을 내밀어본다

강 건너 불구경

시켜놓은 안주가 남는다는 전화에 택시를 탔다
시계바늘처럼 직선으로 쏟아지는 빗줄기를 헤아리다가
내릴 곳을 지나쳤다

삶은 늘 엉뚱한 곳에 나를 부려놓고 헤벌쭉 웃는다

한쪽 어깨에 비를 맞으며 안을 들여다본다
눈이 마주친 손짓이 다정하다

싸울 일도 없는데 목청을 높이는 저 열심이라니
주인과 눈맞추고 웃다가
칼로 물베기를 다시 배운다

끊어낼 수 없는 것들을 줄줄이 늘어놓고
불덩이를 달구는 밤

처음도 아닌 빗소리에 흠씬 젖몸살 올라온다
여름비에도 한기가 든다

전화기 너머 찻물이 끓고 있다

반갑지 않은 전화도 그리울 때가 있다

그녀의 말에서는 마른 향기가 나고
정오의 꽃잎이 바스라진다

멀리 바람이 다녀가는 것을 손끝에 닿기 전에 알 수 있었지만
모른 척했다는데
그녀의 모든 저녁은 고요해서
반송되어 오는 울음은 들은 적이 없다고 했다

후리지아가 피고 있다고 잠깐 숨을 멈추는 사이
전화기 건너에서 찻물 끓는 소리가 들린다
끓는 것들이 처음부터 위험한 것은 아니어서
잠깐, 다정을 꿈꾸기도 하지만 소리내어 말하지 않는다

닿는 곳마다 꽃이 핀다면 감당할 수 없겠지만
지지 않는 꽃이, 피고 지는 꽃밭이 내 몫은 아니어서

먼 데서 오는 바람 쪽으로 얼굴을 돌리면
수채화처럼 번지는 사월 그믐이 혼자서 멀다

2부

주문을 위한 주문

마술을 걸지 않아도 손에든 것들이 사라지는 현상에 대
해 궁금해하지 않는다

마음을 한 바퀴 돌아 다시 온다는 것을 믿는다

뜬금없음이 늘 불길한 것은 아니어서

냉장고나 화분에서 핸드폰이 튀어나오고 옷장 속에서 식
용유가
나오기도 하지만

돌아오지 못할 것들에게 주문을 거는 버릇
스스로 믿지 않는 것들을 외면하는 버릇은
스스로 마술을 물어들이기도 하지만

창문을 열어두고 잠든 날들을
아무 생각 없이 버려두면서

가끔 욱신거리는 편두통을 기억이라고 믿는다

너라는 멀미

수평을 잃어버린 시간이 흔들린다
목울대에 가둔 기침이거나 비명
단풍이 물들어가는 소리보다 빠르게
낯익은 시간들이 스쳐가고
저만큼 떨어져 흐르는 냇물처럼
푸르거나 창백한 얼굴이 붉게 물들고 있다

내가, 코스모스를 부른 적 있었던가

돌아눕던 마디 마디
단풍보다 뜨거운 기록이 쌓여

사방연속무늬 벽지처럼 끝끝내 갇혀 있어도
균형을 놓친 것들이 흔들리는
물속 같은 어지럼증이
쏟아지고 쏟아지고

그러니까 여기는 지금 껍질 속일까 껍질 밖일까

얼룩 가득한 거울 앞에서

나 혼자 흔들리는 중이다
어쩌면 물드는 중일 듯도 하다
수평은 멀미의 유일한 처방이겠으나
약효를 장담할 수 없는 위약일 수도 있다

인드라망

거울 앞에 서면 엄마가 보인다는 사람을 안다

엄마를 닮지 않았다고 말하고 싶지만

그 엄마를 보지 못했으니 믿기로 한다

엄마를 낳고 싶었지만 딸을 낳아버렸다는 사람을 안다

딸은 나를 닮지 않아 다행이라는 그에게

데칼코마니 데칼코마니, 목으로 넘긴 아침

잠결에 내가 나를 부르고 있다

문 앞에 서서 나간다는 소린지 들어왔다는 인사인지 받아들고

아직은 잠결이라 믿는다

나인 듯, 나일 듯, 지루한 하루하루 살집을 늘리는 여자

경계를 허물고 나인 척 허벅지 굵은 여자 하나

엿장수 마음대로

엿장수는 정말 마음먹은 대로 엿을 잘랐을까?

누가 그런 말을 했을까
살아보니 꽃 한 송이 마음대로 피울 수 없는데

가위소리만 요란했던 엿판 위 덩어리 엿은
손가락 만큼씩만 떼어지던 야박한 인심이었는데

은그릇같이 반짝이던 양은 냄비 심드렁한 뒤통수에
고무신 거꾸로 신었다는 그녀 소문만 무성하다
그 후로는
엿가위를 내두르며 쫓아내던 꼬맹이들에게
엿장수 마음대로 큼직하게 한 토막씩 떼어주기도 했는데
마음 가는 대로 살자고 작심한 듯했는데

엿판을 들고 헛가위를 두드리더니

그가 팔아온 엿만큼 끈끈한 진흙무덤 속으로 들어갔다
엿장수 마음대로 저지른 마지막 일이었다

폐차

길이 길을 접었다

차가운 바닥에 으름장을 놓은 지 여러 날
다급할 것 없는 견인
쇠사슬에 찔린 옆구리에서
예견된 죽음의 핑계들이 고구마 줄기처럼 줄줄이 달려나왔다

개복숭아 붉은 그늘을 지나고
이름 없는 계절들이 다녀가도
질주의 본능은 위태롭지 않았다
다만 위태로운 변명에
손을 놓아버리는 것뿐
불면의 밤을 거치고
잠깐 먼 곳의 안부가 궁금했을까

소멸하는 것들의 배후는 저녁을 닮아서
봄꽃 지듯
나서야 할 길들의 목록을 환하게 쏟아낸다

어머니

하현달 하나를 얹어두고도
마당에 신발 끌리는 소리
돌부리 걷어찬 발가락처럼 가슴 아리다

오뉴월 찌는 더위를 온몸으로 가려
온전한 그늘을 마련하시는 당신

줄게 이것밖에 없구나
가랑비처럼 쓸쓸히 웃으며 내밀던
풋콩 한 단, 속이 허름한 배추 한 포기,
그게 다 당신을 덜어낸 것인 줄 알지만

먼 산 바라보듯 멀리 고개 들고
휘이휘이 손 흔드는 꽃무늬 일바지

속엣말 한마디 꺼내지 못하고 돌아서며
당신이 고향인 줄 알고나 계시라고

뒤돌아보다가

울컥,

상사화는 피어서

꽃이라는 이름이 3월마다 넘쳐나도
폭우에 찢겨나간 아파리들처럼
나뉘고 흩어져 이름조차 먼
당신을 사모하여
열사여!
여기, 한 떨기 핏빛 상사화를 올립니다

끝내 보지 못한 저 태극기의 물결이거나
천지를 뒤흔드는 함성이거나
이 모든 외침의 발원이 님이신 것을,

꽃 피고 잎이 피듯
가고 오지 못하심이나
꽃은 꽃이어서
잎은 잎이어서

푸르고 붉은 저 목숨들이
당신이 사랑하신 산하에 넘칩니다

소화제를 먹는 밤

꾸역꾸역, 먹은 것보다 많이 올라오는 것들을 막을 길이
없다

어린 것 밀쳐두고 돈벌이 간 발자국마다
꾹꾹 눌러담아둔 마음을 무시로 퍼먹는 날들이
끝끝내 소화되지 않아
수십 년째 견디다가도 다시 시달리는 위통

당신이라는, 돌덩이를 몰래몰래 갉아먹은 줄을
세상은 까마득 모르겠지만
내 몸은 또 쓸데없이 그날을 뒤적이며
혼자서 뒹굴어라 채근합니다

이만한 통증이야
세상이라는 칼바람에 베이고 잘린 당신의 발치에나 닿을
까마는

눈 감고 털어넣는 알약이
당신의 눈물로 빚어둔 시간인 것을
이제 압니다

담장에 달이 돋아

네가 달이었을 때

아들을 바라는 간절한 기도로 하늘을 뵈었단다

없는 토끼도 불러보며

정한수를 올리고 무릎 끓어 울었단다

어미의 간절이 모자랐을까

후남이라 불리던 그 애

돌담장 아래 분꽃으로 다시 와서

저녁밥 지을 시간마다 방문 기웃대는데

놓쳐버린 저녁을 돌려달라고

문 걸어 잠그고 벙어리 울음 우는 저녁

하, 붉고 붉어서

바람꽃

쓰러져가는 시외버스 정류장
그도 한번쯤 스쳐지났을 거기서
무늬 다 지워진 시간을 눌러 삼킨다
오래 전 버스정류장이었던
보내거나 돌아오는 걸음이 붐비던
낡은 나무 의자 곁으로 바람꽃 분분하다

바람 속을 걸어 걸어 기다리던 버스
너는 오지 않고
마침내 버스마저 오지 않고

돌아온 것은 나도 아니고 너도 아니어서
마음 혼자 고개를 외로 꼬는
빛바랜 버스 시간표에

누구였을까
꾹꾹 눌러쓴

'첫눈 오는 날'

울릉도

출렁이는 것이 파도뿐이겠는가

집어등 환한 울릉도 앞바다에 끝없이 출렁이는 밤이 있
을 것이다
시작도 끝도 한결같을 것이라는
새파란 출렁임이 있을 것이다

섬에 닿는다는 것

어디에서도 외롭지 않을 것이라는
약속을 믿는
그와 그녀가 꾸려가는
눈부신 출렁임이 있을 것이다

멀리 가서 바라보면
더 아름다운 것들이 마음에 닿을 것이다
서로에게 닿을 것이다

빨강과 빨강

'주차금지'는 빨강으로 태어난 말
어디서든 얼른 눈에 들어오는 말

빨강은 뜨겁거나 모진 색이어서
문득 가슴이 서늘해지는데
비릿한 바다를 훔쳐보는 8월 한낮
바닷가 해당화 당당히 붉다

'주차금지'
푯말 사이 빈 타이어들 서성이는
바다와 육지의 경계쯤에
기어이 꽃 핀 해당화 가지에
오스스한 저것은 솜털이 아니고 가시여서
무례한 손을 향한 빨간 말 같은 것
말하자면 '주차금지' 적어둔 접근금지라는 경고문

자세히 읽는 사람 없는 해당화의 빨강 아래
노을빛 얼굴을 두고 온다

선구마을* 빨래터

350년 동안 이 돌 위에서 어머니의 어머니 더 먼 어머
니가
간밤의 내력을 조물거리거나
어쩌면 내다버리고 싶은 밤도 있어서
이빨 악물고 방망이를 내리쳤을까
돌보다 먼저 문드러진
무수한 손톱과 발톱들 닳고 닳아 쓸려갔을까

밤마다 내려왔던 옥녀봉 옥녀와
신선이 살았더라는 전설 무성한 마을
가끔씩 몽돌해변의 파도 소리가 읽어주는 옛날
그게 다 무슨 소용이냐
바람이 저리도 몰아치는데
돌아앉아 눈물 훔치거나
그래도 어느 집 텃밭에 꽃나무 몇 그루 몰래 심은 손도
있었을 테지

누가 가져갔을까
쌓이고 쌓인 시간들
그늘 한 뼘 없는 한나절을

저 혼자 차고 넘치고 흐른다

＊선구마을 : 남해 몽돌해수욕장 옆에 350년 된 빨래터.

부용화*를 찾아서

다그락 다그락, 봄풀 몇 가닥 그려둔 찻잔들
안부를 묻듯 부딪치는데

당신의 시절이 그러했을까
당신에게 닿는 길이
점점 가파르고 패여
까닭 모를 수심인 듯 발을 잡는데

봉조하 대감 잔디 옆을 무심히 지나치고
안개비 걷어내며
신발 고쳐 신고
그 앞에 이르면

당신은 한참을 바라본 듯도 하여

잔술 천천히 붓고 머리 조아리는데
멀리 산꿩이 웁니다

열아홉 솜털 같은 산나리가
늙은 소나무 곁에서

저 혼자 후르르 떨어집니다

*부용화 : 운초 김부용의 대표작.

3부

과속

혼들린다고 생각했을 때는
이미 중심에서 멀어진 후였다

그래도, 라는 말을 훈장처럼 달고
면죄부를 읽듯 페달을 밟는다
깜빡깜빡도 때론 견장처럼
든든한 어깨가 되어

오늘도 과속이다

거기 무엇이 있어서도 아니고
지금 누구와도 아니면서
얼마나 많은 오늘을 지나쳤을까
멀리 주시한다는 명분으로

모든 것에 중심이 있다고
과속의 핑계를 우물거린다

노마드의 붉은 봄

햇살이 뜨겁게 목을 조르기 시작했다

거실 깊숙이 파고든 투명한 것들
TV. 냉장고. 옷장에 낙인처럼 찍힌 붉은 인장들
실핏줄이 선명한 눈동자를 문지른다
더 붉게 파고드는 뜨거운 무엇

손톱부터 타들어가던 기한은 늘 오늘이어서
발등에 떨어진 검붉은 멍울은 가슴으로 번졌고
욱신거리는 것들을 더는 열어보일 수 없을 때

먼 나라의 초원을 생각했고
초원을 달리는 유목민의 엉덩이와
노마드nomad*를 생각했다

내어줄 등골은 여전히 오싹한데

봄도 없이 여름이 들이닥치는데
목구멍으로 훅! 뜨거운 바람이 넘어간다
서서히 타들어간다

내일을 남기지 않을 것 같다

*노마드nomad : 유목민 혹은 방랑자.

헛것

허리까지 비틀어야 열리는 늙은 문짝
관절 꺾는 소리로
바람이 드나들던 길을 짐작해본다

저기,
댓돌 위에 엎어져 있던 하얀 고무신
꽃물들이던 마당을 지켜보며 까무룩 졸았을 것이다

쇠비름 줄기 유난히 붉고
까만 씨앗 염치없이 반짝거린다
바랭이, 명아주도
문패를 새로 내달았을 것이다

누가 다녀간 것일까

흙벽에 스러지는 낙서 자국들

문풍지 흔들리는 소리 조용하다
가끔 신음처럼 문틈을 드나들던 바람도 조용하다

흰 고무신 한 짝 마당을 지키느라 기진한 듯
엎어져 운다

헛것이 헛것을 기다리는 풍경이 붐빈다

달빛 밝은 날

어머니는 한번도 남의 말을 쉬이 듣지 않으셨다

도라지는 당장 캐서 먹을 수도 없는데
왜 기를 쓰고 씨를 뿌렸는지
그건 심어 뭐한대요
누가 먹어도 먹지 버리기야 하겠냐

숨소리조차 미지근하다
냉정도 열정도 아닌 이마를 짚어본다
아랫목도 윗목도 아닌 구들장 같다
이마를 쓸어보니
달빛이 더듬는 주름 사이로
바람 잘 날 없던 육남매와
바람 많던 아버지가 뽀얗게 드러난다

속살 하얀
열여섯 새 순이 돋고 있었다
마음껏 돋아보지 못한 오래된 새 순이
밭고랑에 묻혀 있다

눈만 뜨면 밭고랑을 갈아엎던 어머니
맨 마지막 고랑에
어머니의 새 순도 꿈틀거리는지
밤새 끙 소리 멈추지 않았다

아버지의 달구지

어깻죽지 고관절 어디쯤
달그락거리는 달구지
덜컹덜컹 들었다놓는
자갈길을 달려 집으로 가는 길
노을이 낯선 인연처럼 옷깃 당기는데

아버지가 노을에게 배운 건
아픔 없이 물들어가는 자세
망초꽃 핀 길섶 쪽으로 속도를 늦추며
수레에 태운 웃음소리를 돌아보며

이랴, 이리야,
달구지를 모는 아버지의 목청에
노을을 삼킨 꽃
그 꽃을 삼킨 아이의 웃음에
싸리나무 사립문이 꽃 핀 듯 무거운 듯
허공에 기댄다

퍼즐 속 자리 찾기

주문 없이 나오는 김칫국과 주인
수십 년째 고치지 않은 메뉴판을 읽다가

출발했다는 말에 얼결에 불러준 단골집 주소

서둘러 줄을 서는 빈병들의 행렬
햄쑥하던 얼굴들 울긋불긋 꽃무늬 피고 지고
여름처럼 우거진 귓속을 바닥으로 내려놓으면

주인의 졸음이 더듬더듬 술상을 치우고
한낮의 낭만은 몸을 비틀며
도배지속 상형문자를 끄적이는데

오후 세 시는 자리를 뜨기에 적당한 시간
주문 없이도 안주가 나온다

거기도 잘 익어가는 세 시일 테지요?

커피나무에 햇살을 걸다니

커피나무 하나 거실 유리창 앞에서 반짝이는데

저 잎들에게 귀엣말을 건넨 적이 있다
어서어서 꽃을 피워봐 열매 맺어봐
그리고 나를 불러보라니까

허전할 때마다 물을 주고
볕 잘 드는 자리로 옮겨 다녔고
미리 맛본 내일이 향긋했다

에티오피아 햇볕에 달궈진 가슴도
더는 뜨겁지 않은데
잎도 입도 마른다

옮길 일 없는 화분을
눈으로 걸어내며
뜨거운 한 모금을 넘기면
쓰고 달 거라던 목소리가
주춤주춤 멀어진다

커피에 스며든 햇살을 가만히 머금는 아침
문득 내 안이 환해진다

풍장

바람이 못 본척합니다

등산 장갑 한 짝, 그까짓 것 합니다

내려올 때 보니 햇살이 나뭇가지에 걸쳐놓고
말리고 있습니다

빈 손가락이 손가락을 기다리는 시간
그러니까 저 장갑에게는
어떤 위로가 집으로 가는 지도일까요

낯익은 것들 위를 쓸어덮는 어둠이
잠깐, 머뭇거리는 동안

꾹꾹 눌러쓴 전단지 제목이 자꾸 눈에 밟힙니다
'사례합니다'

문밖에 세워둔 이름도 없는데 시린 손을 거두지 못하겠
습니다
풍장에 든 장갑의 안부가 궁금해집니다

기억을 엎지르다

이웃집 숟가락 젓가락 숫자까지 안다는 사람
생일날 아침이면 제일 먼저 축하 문자를 보내던 사람

엎지러진 시간을 더듬으며 밤새 쪼그리고 뒤적이는 기억
맑은 물에 빨아 헹구고 다독다독 접어두었던 것들이 뒤엉켜
팔과 다리를 분간할 수 없는데
웃음도 말도 어둠에 가둬두고
더듬거리며 걸어나온 그 사람
무슨 할 말이 있는 걸까 눈만 껌벅이며
아무래도 새로운 세상을 엿보는 중인 듯

알 수 없는 말을 하는 그가
망가진 기억을 고쳐들고 안부를 물었으면
새벽부터 동네 고샅을 바삐 뛰어다녔으면

섣달 그믐에 떡쌀 걱정을 대신해주던
그 사람 안부를 묻기 전에 전해줬으면

찔레꽃처럼 후르르 지는 건 정말이지 어울리지 않는다고
백 번이고 천 번이고 말해주고 싶은 그 사람

꽃다발 진화론

꽃다발이 된 배추라니!
투명한 비닐에 둘둘 감겨 한껏 푸르다

빨갛고 노란 꽃들의 악수 사이
비닐포장 위에 눌러쓴 '등단 축하해요'가 미끌거린다
배추는 또 얼마나 민망하겠나

겹, 그리고 겹
저 사이에 시가 있다면 세상의 모든 꽃다발은
배추로 만들어야 한다

한사코 꽃이라 들이밀던 뭉툭한 손등에
툭툭 불거지던 시퍼런 힘줄처럼
기세등등한 배춧잎 정성껏 벗겨낸다

시들지 말라는 축하
시들지 않을 것 같은 시간 속에서
배추흰나비 한 마리
포르르 날아가듯 먼 데를 본다

시리고 푸른 하늘
시가 거기 있었구나

기억의 재구성

마른 땅을 밟아도 눅눅했던 운동화는

선명했던 무늬를 기억해낼 수 없다

나의 기억은 사촌이나 오촌을 돌아나온 것들이어서

꼭 끼거나 헐거웠다

더 먼 데서 온 꽃무늬 한 켤레

칫솔질에 힘을 주며 새 신발을 만든다

지나온 길 지우고 꽃무늬 살려둔

운동화 한 켤레

뽀송뽀송한 맨발을 데리고 나서야 할 길을 내다보며

잘 마르고 있다

진창을 밟았던 기억 따위 없거나 지웠다고

먼 기억을 다시 손질한다

4부

해바라기

고흐의 안부가 궁금한 날은 태백으로 간다
신을 만나러 가는 길은 고단해야 한다는 말을 믿었을까
높고 먼 해바라기밭은 싱싱하다

퇴적층을 이룬 탄광촌의 어둠
몸을 비틀어 구불구불 일어난 자리마다
뭉텅뭉텅 노랗게 피어 있는 고흐의 꽃

'동생 태오에게'로 시작되는
수많은 편지처럼
하 많은 해바라기의 목은
그리운 쪽으로 기울고

뼛속 눈물까지 쏙 빼낸 고흐의 귀가
드문드문 까맣게 여무는 동안
전 생애의 피를 털며

나의 붓끝에서도 내가 익어갔으면
'그리운 이름에게'라고 적을 수 있었으면

울고 싶을 때가 있다

성환 왕지봉 배꽃 아래 햇살 하염없다
늙은 나무에겐 꽃도 무거워서
꽃을 받든 초록이 후르르 떨린다

지팡이를 나무에 기대놓고 앉은 어머니
'이제 꽃구경도 옛 말이다'
후르르 지는 꽃잎 본다

바람도 어머니도 잠시 숨을 멈추고
꽃의 시간을 더듬는 중인데
꽃이 지나가는 길
비리고 시린 것들이 품을 파고드는 길

배꽃도 어머니도 하얗게 눈부신데

꽃을 보낸 나무는 다시 키를 늘리고
무너진 뒤축에 힘을 주며 단내 매달릴 것인데

눈앞에 가득한 하얀 봄날이 공연히 서러워서
꽃잎 지는 소리보다 조용히 입술 달싹인다

어머니 지팡이에 배꽃 흐드러진 봄꿈을 끌고
목메인 오후 두 시를 건너간다

아버지 조용하시다

아버지 등에 매달려 언덕을 넘던 날
햇살보다 빠르게 굴러가던 녹슨 페달이
새된 숨소리를 뱉고

등을 타고 넘어오던 묵은 기침소리
오늘은 병실 앞에서 듣는다
기침소리도 웃음소리도
모두 거기서 거기다

직장에 첫발 떼던 날
소리 없던 그때처럼
오늘은 아버지가 조용하시다

숨소리조차 내지 않는
아버지 어떤 꿈속을 헤매고 계신가

구릿빛 등짝에 뱀허물처럼 감겨 있던
솔기만 남은 런닝처럼
또 한번 허물을 벗지만

해독할 수 없는 눈물만 은하수처럼

물결치는데

천안 막걸리

주전자 가득 시큼한 단내를 따라
논두렁길 구불거리는 오후 세 시
뚜껑 닫힌 주전자가 저 혼자 출렁인다

오래 발효된 외상이 넌출넌출 따라오고
허기진 들녘 흥얼흥얼 거나하다

잔을 기울이면 익어가는 것들이
막걸리 한 잔에 머리 조아리는 가을 들판

공책이 되고 연필이 되고
삽자루가 지켜보던 잘 익은 볏단이
며칠쯤 넉넉한 하늘을 보여주던

성환 매주리 지나 가을 질펀하던 들녘

아직도 한잔하고 계시는지
아무렇게나 벗어던진 장화 한 켤레
구름이 못 본 척 지나가고
덜 여문 수수이삭 저희끼리 수군댄다

좋은 날

바람 부는 날
밤나무 아래를 서성인다

아직 푸른 밤송이를 지나
여뀌 꽃 흐드러진 도랑을 타고
손에 닿지 않는 풀섶 쪽으로
잘 익은 가을이 쏟아지고 있었다

어쩌다 발밑을 깨무는 뜨끔한 놀람을 뒤집어보면
벌레의 자취를 우수수 쏟아내는 밤송이들
가시로 성벽을 친 저것들의 집에
여문 밤송이 드물다

지키지 못한 시간들이 툭 떨어져 뒹구는 풍경을 밀쳐두고

눈동자처럼 반짝이는 잘 익은 가을을 곁눈질로 살피다가

여문 적도 없는 나를 데리고
바람 부는 가을을 걷는다

벌레들 우는 소리 못들은 척 걷는다

행운목 꽃 지다

단내나는 시간들
어둠이 내리면
박꽃보다 환한 꽃향기
그 밤

달디단 약속
밤마다 휘감던 향기들
흩어진다

땅으로 휘어진 꽃가지마다
열리던 맹세도 저물어간다

쏟아져 내린 꽃잎 아래
봄꽃 같던 천 년의 약속도
잠시 다녀갈 뿐이다

행운목이라니!
어디다 심어둘까 저 부질없는 꽃

탐매마을에서*

이 봄날 어디라고 홍매화 붉지 않으랴만

꽃보다 많은 벌들이 윙윙거린다

병든 아버지를 위해 손가락을 잘랐다는 아들과

그 피를 마시고 살아났다는 아버지 이야기를 전하겠다고

반창고를 두른 효자손이 멀거니 서 있다

아침놀에 붉어진 얼굴도

세상을 향해 붉혔던 얼굴도

매화를 탐하다 붉어졌다고

붉은 꽃그늘이 묵은 상처 속으로 슬그머니 스며든다

*탐매마을 : 전남 순천 매곡동.

경계

세상이 온통 코로나바이러스다
반쯤 가려진 얼굴들을 하고
소리 없는 전쟁을 치르며
패잔병들의 소식에
피난길을 재촉하는 걸음들 제각각 분주하다

사람과 사람 사이를 가르는 경계가
이렇게 가까이 있었다니
말을 죽인 도시가 두렵다

우리가 등 돌린 말들끼리 또 무슨 음모를 꾸리는 것은 아닐까
언제 어디서부터 어떤 공격을 당할지 몰라
무엇을 버리고 무엇을 지켜야 하는지
버린 것들이 돌아오고 지킨 것들이 사라지는
허허벌판 같은 세상에 우리는 버려졌다
말이라는 무기를 제 안에 가둔 서글픈 짐승들이 되었다
스스로 둘러친 울타리 안에서
울고 웃고 주먹질하는 어제 오늘 내일

모든 것이 낮게 낮게 내려앉은

깊은 침묵의 시간
핑계 김에 너와 나의 약속을 무기한 연기한다

열어보지 않는 것들은 저 혼자 오래 견디기도 한다

봄을 빌리다

문 앞에 붙었던 광고지를 급히 떼어낸다
'급전, 당일 가능'
이런 환대를 받는 일이 얼마만인가
첫사랑의 이름을 읽은 듯 가슴 두근댄다

사탕을 입에 물고 잠들면 늘 입안이 깔깔했다
자고 나면 채워지던 쓴맛은 떫거나 깔깔한 내일을
알려주지 않은 채 가끔 꿈에 다녀간다

전화 소리가 요란하다
아니다 진동으로 바꾼 지 오래다
요란한 건 덜컹거리는 심장이다
전화를 눈으로 받은 지 오래
그럭저럭 견딜 만하다

동지 지난 해는 내일을 빨리 불러올 것이다
노루 꼬리만큼 짧았던 햇살이 싸늘하다

저 하얀 눈 어디에
풀씨가 있을까

내년 봄에는 잎이 난다는 것일까

약속하지 않고 오는 봄도 꽃도
차츰 기억에서 멀다

빌려야 할 것들이 많은 봄이다

길

너는 문틈을 비집고도 온다
나뭇잎을 앞세우거나
이별을 부추기며 몰래 온다

무심한 듯 내민 손에
단풍은 더 붉어지고
철없는 무 이파리 서걱이는 소리를 듣는다

어금니 가끔 시린 것은
삶이 깊어졌다는 전갈이지만

신작로가 아니면 어떻겠는가
멈칫거리는 발걸음 재촉하는 것을
시간이라고 잘못 읽는 어리석음을
하루쯤 모르는 척하자

그래도 거둘 것 있다고
가을이 멈칫거린다

길에 들어 길에 끌려가거나

길을 끌고가거나

단풍은 붉고 너는 여전히 없다

겨울을 오르다

겨울 산의 나무는 키가 크거나 품이 허름하다

혼자 가는 길은 늘 숨가쁘다
길의 시작과 끝을 돌부리나 새들에게 물으며
산을 위해 태어나듯 산에 오르는 사람들
느리게 혹은 빠르게 각자의 길을 연다

남의 못자리에 앉아 밥을 먹으며 주인을 불러냈는지
앙상한 가지의 옅은 웃음소리에
상수리 한 알 낙엽을 들춘다

먼 데서 준비하는 봄의 기척 아직 먼데
앙상한 겨울이 말을 건네지만
나는 알아듣기 어렵다

서두르지 마라
겨울 산은 넘어지고 미끄러지며 오르는 것이다
멀리 사라지는 구름 한 점

늙은 말씀을 뚝, 떨구고 간다

수평을 잃어버린 무형의 실체 찾기

박미라/ 시인

1.

"익명적 존재 속에 어떤 존재가 들어가기 위해서는 자기를 떠났다가 다시 자기에게 복귀하는 일이 가능해야 한다. 즉 자기 동일성의 작업 자체가 가능해야 한다. 존재자는 자기 동일성 확인을 통해서 다시 자신 속에 갇히게 된다"(엠마누엘 레비나스『시간과 타자』)는 글을 생각하게 하는 서미경의 첫 시집『헛것이 헛것을 기다리는 풍경』을 읽는다.

다른 이의 습작 과정을 가까이에서 지켜보는 일은 새로 만든 외나무다리를 건너가듯 조마조마하거나 이제 막 줄기를 뻗기 시작하는 작은 식물의 넝쿨을 관찰하듯 아슬아슬하다. 무사히 다리를 건너도록 건너편에서 손짓을 하거나 때로 줄기의 방향을 바꿔주는 무모함의 정당성이 성립되기도 한다. 그러나 그런 일련의 행위가 '의미 없음'이 될 수 있다는 것을 잘 안다. 앞서간 사람이 할 수 있는 것은 '베풂'이거나 '지도'가 아니라 '나도 그쪽으로 왔는데, 거기쯤에서 넘어졌다'거나 이쪽 길 숲이 훨씬 우거졌더라'는 정도의 안내라고 생각한다.

내가 아는 서미경 시인은 조용한 성품을 지녔다. 알 만큼 안다고 나서지 않는다. 그런 그가 시 쓰기만큼 골몰하는 일은 시 낭송이다. 시 낭송은 대중 앞에 나서는 일이다. 뜻밖에도 그 어려운 자리를 그는 잘도 즐긴다. 그의 시 낭송을 들으면 먼 데서부터 흘러온 시냇물이 생각난다. 개울 바닥의 바위이거나 패인 곳이거나 비켜가지 않고 부딪치면서도 소용돌이 없이 조용히 흐르지만 결국 냇물은 바다에 이를 것이다. 그때도 그는 다만 조용히 바닷물에 합류할 것이다. 끝까지 자신의 정체성을 잃지 않을 것이다. 그의 시 창작에 믿음을 거는 것은 흔들림 없는 꾸준함을 믿기 때문이다.

서미경의 시집을 관통하는 일관된 주제는 '돌아보기'라고 할 수 있다. 첫 시집을 엮는 대개의 시인들이 그러하듯 그는 아직 자신의 과거로부터 독립하지 못한 것이다. 그러나 돌아보는 것이 모두 자기연민의 통속적 감상이라고 단정할 수는 없다. 돌아보지 않고 앞으로 나가는 일은 가능하지 않기 때문이다. 만약, 뒤에 두고 온 것들로부터 멀어지고 싶어 앞만 보고 달린다면 그것은 자칫 맹목이거나 위험이 된다. 나아가기 위하여 돌아보는 자기 연마의 과정은 버릴 수 없고 버려서도 안 되는 '옛'에 뿌리를 둔다고 하겠다. 여기서 '옛'이란 다른 누구도 아닌 자신을 이르지만 이 또한 타인을 향한 관심과 이해가 그 바탕임을 이해해야 한다.

2.

— 아테네 신과 베 짜기를 겨루던 아라크네의 모든 좋은
꿈무늬가 열려 있는데

발바닥에 불이 나도록 뛰어다니는 나는
누구와 힘을 겨루는 것일까

허공에 줄을 거는 거미와
맨땅에서 허방을 밟는 내가
하늘을 쳐다보지 않는 습관에 대하여 곰곰 생각한다

한껏 휘었던 풀잎이 후르르 털고 일어서듯
처음부터 잘못 그려진 설계도를 믿지 않기로 한다

거미가 허공에 그물을 펼치는 잠깐의 시간이 눈부셔
엮을 인맥도 없는 나를 더듬어
거미의 그물 공법을 훔치고도 싶은데
제가 친 그물에 제가 걸리기도 하는 거미는
수시로 그물을 끊어낸다지만

끊어낼 수 없는 팔다리를 흔들며
거꾸로 매달려 선잠을 뽑는 나에 대하여
질문 받지 않겠다

거미도 제 다리를 주무르는 어떤 시간이 있을 것이다

　　　　　　　　　　　　　—「질문 받지 않겠다」전문

　시적 화자인 '나'는 아테네 신과 베 짜기를 겨루었다는 아
라크네 속으로 스며들어 다시 '바깥세상'의 '나'를 내다보고
있다. '허공에 줄을 거는 거미와/ 맨땅에서 허방을 밟는 내
'가 똑같다는 것을 바라보는 발견으로 이 시는 독자의 공감
을 획득한다. 그런데 이들은 둘 다 '허공을 밟'고 있으면서
도 '하늘을 쳐다보지 않'는다. 왜일까? 자신들은 '처음부터
잘못 그려진 설계도' 안에 들어있다고 믿기 때문이다. 여기
서 독자는 시적 화자가 가지고 있는 세상살이의 곤고함을
눈치챌지 모르겠지만, 그 곤고함은 시적 화자(시인)의 그것
이 아니고 어쩌면 살아 있는 모든 목숨들의 항변으로도 들
린다. 우리는 흔히 땅에 발을 딛고 산다고 하지만 생각하면
'땅'이란 뭇 목숨들이 겪어야 하는 다른 형태의 '허방'에 불
과한 것이다. 그러나 다시 생각하면 시인이 말하고자 하는
'곤고함'이 먹고살기 위한 세상적인 어려움이 아니고 아무
리 허방을 밟고 팔을 휘저어도 쉽게 잡을 수 없는 '시 쓰기'
의 고통을 말하고 있다고도 해석할 수 있다.
　베 짜기와 시 쓰기는 허방 속에서 스스로 찾아낸 무형의
재료로 '베'와 '시'라는 유형의 결과물을 도출해내는 행위를
은유한다. 우리가 알고 있는 옛 방식의 베 짜기 과정을 들
여다보면 삼 짓는 아낙들의 노고가 상상 이상이다. 맨살
에 삼을 비버 실을 잣고 다시 베틀을 걸이 베를 짜는데 그

때 삼을 비빈 맨살에 생기는 상처는 아물고 생기기를 거듭
하면서 다리 성할 날이 없다고 한다. 시 쓰기 또한 이와 같
아서 현상 그 너머의 발화점을 찾아내어 글 속에 심어 살려
내는 고단한 작업이다. 신과 더불어 베 짜기를 겨루는 일이
나 내가 나와 겨루어 건져내는 글씨기의 작업이 그린 듯 닮
았다. 바라보기에 거칠 것 없는 듯한 허공에 집을 짓는 거
미이지만 '거미도 제 다리를 주무르는 어떤 시간이 있'을 것
이라는 시인의 진술이 창작의 과정을 대변하고 있다. '질문
받지 않겠다'는 단호함은 아무리 그래도 시를 써야 한다는
스스로를 향한 자기 연마의 목소리이다.

성환 왕지봉 배꽃 아래 햇살 하염없다
늙은 나무에겐 꽃도 무게여서
꽃을 받든 초록이 후르르 떨린다

지팡이를 나무에 기대놓고 앉은 어머니
'이제 꽃구경도 옛 말이다'
후르르 지는 꽃잎 본다

바람도 어머니도 잠시 숨을 멈추고
꽃의 시간을 더듬는 중인데
꽃이 지나가는 길
비리고 시린 것들이 품을 파고드는 길

배꽃도 어머니도 하얗게 눈부신데

꽃을 보낸 나무는 다시 키를 늘리고
무너진 뒤축에 힘을 주며 단내 매달릴 것인데

눈앞에 가득한 하얀 봄날이 공연히 서러워서
꽃잎 지는 소리보다 조용히 입술 달싹인다

어머니 지팡이에 배꽃 흐드러진 봄꿈을 끌고
목메인 오후 두 시를 건너간다

— 「울고 싶을 때가 있다」 전문

　서미경의 '돌아보기'를 볼 수 있는 대표적인 작품이라고
하겠다. '울고 싶을 때가 있다'고 고백하듯이 배꽃처럼 곱던
어머니가 후르르 지는 풍경이라니! 그것도 배꽃 흐드러진
꽃그늘에서 배꽃처럼 하얀 어머니의 하염없음을 보는 일이
란 세상의 어느 딸에게도 가슴 시린 일이다. '늙은 나무에
겐 꽃도 무게'여서 어머니는 '이제 꽃구경도 옛 말'이라 하
신다. 어머니도 꽃이 곱다는 걸 왜 모르실까마는 피는 꽃도
지는 꽃도 모두 '하릴없음'의 경지에 이르신 것이다.
　그런 어머니를 보는 시인의 '목메인 오후'가 잔잔한 슬픔
으로 닿는다. 마침내 배꽃이 지고 그 자리에는 단물 머금
은 '나'라는 배가 익어 갈 것이다. 어머니 곁에서 익어가는
자신을 차마 바로보기 어렵다고 조곤조곤 속삭인다. 진술
의 형식을 빌리고 있으나 장황하지 않다. 할 말은 다 하는
듯한데 자신이 깨묻고 있는 슬픔의 뼈를 등 뒤로 감추고 있

다. 사물의 힘을 빌려 시적 이미지를 전개하는 조용함이 사뭇 경이롭다.

문 앞에 붙었던 광고지를 급히 떼어낸다
'급전, 당일 가능'
이런 환대를 받는 일이 얼마만인가
첫사랑의 이름을 읽은 듯 가슴 두근댄다

사탕을 입에 물고 잠들면 늘 입안이 깔깔했다
자고 나면 채워지던 쓴맛은 떫거나 깔깔한 내일을
알려주지 않은 채 가끔 꿈에 다녀간다

전화 소리가 요란하다
아니다 진동으로 바꾼 지 오래다
요란한 건 덜컹거리는 심장이다
전화를 눈으로 받은 지 오래
그럭저럭 견딜 만하다

둥지 지난 해는 내일을 빨리 불러올 것이다
노루 꼬리만큼 짧았던 햇살이 싸늘하다

저 하얀 눈 어디에
풀씨가 있을까
내년 봄에는 잎이 난다는 것일까

약속하지 않고 오는 봄도 꽃도
차츰 기억에서 멀다

빌려야 할 것들이 많은 봄이다

—「봄을 빌리다」 전문

　내 몫의 낙원은 어디에 있는가, 어디에라도 있기는 있는
가, 시장에서 아낀 푼돈으로 복권을 사고 누군가의 어깨 너
머로 주식을 엿보는 날들이 보인다. '급전, 당일 가능'이라
는 광고지를 떼어내면서 공연히 얼굴 붉어졌을 것이다. 시
는 이렇게 세상 곳곳에서 시인의 호명을 기다린다. 아름답
거나 행복한 이야기가 시가 되지 않는다는 것이 아니다. 그
냥 두어도 잘 흘러가는 세상은 굳이 확인할 필요가 없다.
결핍 속에서 꺼내는 시가 사랑받는 것은 '어쩔 수 없'음에서
비롯되는 살아내기의 숨결이 뜨겁기 때문이다.

　이 시에서 화자가 '급전 당일 가능'이 꼭 필요하다는 이야
기는 어디에도 없다. '이런 환대를 받는 일이 얼마 만인가/
첫사랑의 이름을 읽은 듯 가슴 두근댄'다고 입꼬리를 올리
며 냉소를 보낸다. 그것이 '급전'이거나 혹은 여기서는 첫사
랑이라고 명명한 어떤 '감정'이거나 정작 필요할 때는 어디
에 있는지 자취 없다가 그쪽에서 필요하니까 눈앞까지 들
이대는 어이없음에 대한 항변이다. 그러나 이미 지워졌다
고 믿었던 옛 사랑을 만난 듯 가슴 두근댄다는 것은 사실은
잊지 않고 있었다는 것이다.

서미경은 다른 시에서 비슷한 주제를 다룬 것으로 미루어 '급전 당일 가능'이 낯설지 않은 것으로 보인다. 그러나 화자는 '저 하얀 눈 어디에/ 풀씨가 있을까/ 내년 봄에는 잎이 난다는 것'일까 묻고 또 물으며 '빌려야 할 것들이 많은 봄'을 건너가고 있다. '전화를 눈으로 받은 지 오래'인 소시민의 초상이 사뭇 시리다.

꽃다발이 된 배추라니!
투명한 비닐에 둘둘 감겨 한껏 푸르다

빨갛고 노란 꽃들의 악수 사이
비닐포장 위에 눌러쓴 '등단 축하해요'가 미끌거린다
배추는 또 얼마나 민망하겠나

겹, 그리고 겹
저 사이에 시가 있다면 세상의 모든 꽃다발은
배추로 만들어야 한다

한사코 꽃이라 들이밀던 뭉툭한 손등에
툭툭 불거지던 시퍼런 힘줄처럼
기세등등한 배춧잎 정성껏 벗겨낸다

시들지 말라는 축하
시들지 않을 것 같은 시간 속에서
배추흰나비 한 마리

포르르 날아가듯 먼 데를 본다

시리고 푸른 하늘
시가 거기 있었구나

—「꽃다발 진화론」전문

맑은 날이 계속 되면 사막이 멀지 않다는 말이 있다. 삶
이 그러하듯 시 또한 그와 같다. 시인이라고 매순간 '결핍'
만을 들여다보고 살지는 않는다. 먼 길을 가는 여행자에게
는 몸이 쉬어갈 그늘과 마음이 쉴 수 있는 '여유'가 필요하
다. 여기 독자가 잠깐 웃을 수 있는 시가 있다. 그러나 마냥
웃다가 시의 속살을 못 보고 지나치면 안 된다. 시인은 이
시를 통해 무엇을 전하려고 했을까?

필자는 어떤 고등학교 졸업식장에서 졸업생들끼리 주고
받는 뜻밖의 꽃다발을 보고 파안대소한 적이 있다. 식탁에
자주 오르는 브로콜리로 만든 그 꽃다발은 꽃다발이라고
부르기에 부족함이 없었다. 기발하고 아름다웠다. 얼마나
건강한 착상인가?

우리가 꽃이라고 부르는 모든 것들은 '아름다움'을 전제
로 한다. 아름답다는 것은 보는 자의 견해에 따라 그 가치
가 모두 다르다. 가령 같은 꽃이라고 해도 장미를 선호하는
이와 달개비꽃을 선호하는 이가 있다. 넓은 의미에서 꽃은
그저 같은 '식물'이다. 우리가 그것들을 '꽃'이라는 이름으로
가두고 있는 것이다. 이런 보편적 관념을 깨뜨린 브로콜리

꽃다발 같은 시가 서미경의 눈을 통해 탄생한 것이다.

'배추'를 '비닐'에 둘둘 말아 등단 축하 꽃다발이라고 내밀 줄 아는 지인을 둔 시인이 부럽다. 우리는 수도 없이 읽었다. 귀에 못이 박혔다. '내가 그의 이름을 불러주었을 때 그는 나에게로 와서 꽃'이 되었다고. 그렇게 받아든 배추 포기의 겹을 들추며 시를 찾는 서미경은 끝내 '세상의 모든 꽃다발을/ 배추로 만들'어버리고야 말 놀라운 시적 경험을 독자와 공유한다.

앞에서 적었듯이 서미경의 시가 '과거'라는 경험에 기초하고 있으나 경험의 갈피에 깃든 '여유'를 눈여겨보는 '세심함'이라는 덕목 또한 갖추고 있다. 그가 누구보다 명징한 경험을 시로 형상화할 수 있는 것은 작은 것을 크게 보는 마음의 울림 때문이다.

　　햇살이 뜨겁게 목을 조르기 시작했다

　　거실 깊숙이 파고든 투명한 것들
　　TV. 냉장고. 옷장에 낙인처럼 찍힌 붉은 인장들
　　실핏줄이 선명한 눈동자를 문지른다
　　더 붉게 파고드는 뜨거운 무엇

　　손톱부터 타들어가던 기한은 늘 오늘이어서
　　발등에 떨어진 검붉은 멍울은 가슴으로 번졌고
　　욱신거리는 것들을 더는 열어보일 수 없을 때

먼 나라의 초원을 생각했고
초원을 달리는 유목민의 엉덩이와
노마드nomad를 생각했다

내어줄 등골은 여전히 오싹한데

봄도 없이 여름이 들이닥치는데
목구멍으로 훅! 뜨거운 바람이 넘어간다
서서히 타들어간다
내일을 남기지 않을 것 같다

—「노마드의 붉은 봄」전문

    세잔은 생트 빅투아르 산을 20년 동안 그렸다고 한다. 한 사람의 화가가 눈앞의 산 하나를 그리는데 20년을 바친 것이다. 그러니까 세잔은 '산을 그리기' 위해 '산을 살았'던 것이다. 시를 쓰기 위한 시인의 자세를 설명하기에는 이만한 비유가 다시 없을 것이다. "시가 통속 소설의 줄거리처럼 도입부에서 전개부로 전개해가다가 절정에 대단원으로 끝을 맺는 정서적인 순서를 밟게 되면 그 자체가 여간 따분하지가 않다. 또 어떤 진실을 위해서는 그런 따위의 허구가 뜻이 없는 것이 되기도 한다"(김춘수)는 말을 새겨 읽는다. 정서적 순서의 틀을 깨고 시인 자신의 틀을 세워 독자를 불러들일 줄 알게 되고서야 시를 '쓴다'고 할 수 있을 것이다.

    서미경은 이제 자신을 얽매고 있던 과거라는 '끈'으로부터 자신을 풀어내어 노마드nomad의 벌판으로 데려간다. 지금까지의 시 작업이 고향이라고 명명한 과거 속의 나와, 현재에 와 있는 현실 속의 나를 탐색하는 과정이었다면 이제 그의 시세계가 밖에서 안을 바라보는 '확장'에 다다른 것이다. 그렇다고 해서 과거의 나를 버렸거나 잊은 것이 아니다. 붉은 것을 붉은 것으로. 찢어지고 할퀸 것들을 현상 그대로 복기하면서 살핀 '나'를 기댈 곳 없고 숨을 곳 없는 '시'라는 허허벌판에 세워보려는 것이다. 그러나 불행하게도 그를 데려간 것은 정서적 넘침이거나 사고의 확장에서 비롯된 것으로 보기에는 아직 이르다.

'낙인처럼 찍힌 붉은 인장들'이 '뜨겁게 목을 조르기 시작'했고 '손톱부터 타들어가던 기한은 늘 오늘'이다. '검붉은 멍울은 가슴으로 번졌'다, '봄도 없이 여름이 들이닥치는' 현실을 벗어나 끝간 데를 모르는 초원으로의 유랑을 꿈꾸는 일이 서미경뿐이겠는가? 여기 있으면서 저기를 꿈꾸는 노마드족이란 결국 시를 찾아 유리걸식流離乞食 하는 바람이거나 빗물이거나 발아되지 못한 시의 씨앗을 들고 망연한 시인에 다름 아니다.

허리까지 비틀어야 열리는 늙은 문짝
관절 꺾는 소리로
바람이 드나들던 길을 짐작해본다

저기,
댓돌 위에 엎어져 있던 하얀 고무신

꽃물들이던 마당을 지켜보며 까무룩 졸았을 것이다

쇠비름 줄기 유난히 붉고
까만 씨앗 염치없이 반짝거린다
바랭이, 명아주도
문패를 새로 내달았을 것이다

누가 다녀간 것일까

흙벽에 스러지는 낙서 자국들

문풍지 흔들리는 소리 조용하다
가끔 신음처럼 문틈을 드나들던 바람도 조용하다

흰 고무신 한 짝 마당을 지키느라 기진한 듯
엎어져 운다

헛것이 헛것을 기다리는 풍경이 붐빈다

—「헛것」전문

　'헛것'이라는 말이 눈을 찌른다. 실제하지 않는 것이 실제
처럼 보이는 현상을 이르는 헛것. 어쩌면 시인은 '헛것'을
보는 눈이 밝은 사람들일지도 모른다. 현상 너머를 본다는
것은 결국 현상의 속살이거나 속살보다 더 깊은 그 속의 실

핏줄 따위를 본다는 것인데 그보다 더 깊이 들어가서 결국은 헛것을 끄집어내면서 제 가슴을 쓸어내리는 그이가 바로 시인 아니겠는가.

서미경이 불러내는 '헛것'에 주목하자. 모처럼 돌아보는 '옛 집'에서 '댓돌 위에 엎어진 하얀 고무신'과 그 고무신에 담겨 있는 '꽃물들이던' 어떤 '시간'을 눈앞에 두고 있다. 쇠비름, 바랭이, 명아주가 차지한 옛 마당. 이제 그 이름을 불러주는 이가 줄어들어 그저 '풀'이라고 분류되는 경우가 허다하듯이 서미경을 불러주는 이름들이 다 떠난 거기(과거)에서 늙은 부모의 '관절 꺾는 소리'를 듣고 있는 시인의 자세가 슬프지 않은 것은 '헛것이 헛것을 기다리는 풍경' 속에 자신을 세워둘 줄 아는 관조觀照의 자세가 단아하기 때문이다.

사실 우리가 가슴에 쟁여두고 사는 그리움의 실체란 서미경의 '헛것'에 다름 아닐 것이다. '헛것이 헛것을 기다리는 풍경이 붐빈다'니. 심상 속 그리움을 이만큼 불러낼 시인이 또 어디에 있겠는가.

하현달 하나를 얹어두고도
마당에 신발 끌리는 소리
돌부리 걷어찬 발가락처럼 가슴 아리다

오뉴월 찌는 더위를 온몸으로 가려
온전한 그늘을 마련하시는 당신
줄게 이것밖에 없구나

가랑비처럼 쓸쓸히 웃으며 내밀던

풋콩 한 단, 속이 허름한 배추 한 포기,

그게 다 당신을 덜어낸 것인 줄 알지만

먼 산 바라보듯 멀리 고개 들고

훠이훠이 손 흔드는 꽃무늬 일바지

속엣말 한마디 꺼내지 못하고 돌아서며

당신이 고향인 줄 알고나 계시라고

뒤돌아보다가

울컥,

—「어머니」전문

이쯤에서 서미경의 (모든 목숨의) 신앙인 어머니를 다시
살핀다. 가이아는 그리스신화에서 비롯된 대지의 여신을
부르는 이름으로 어머니의 다른 이름이다. 생물과 무생물
이 조화롭게 공존하는 세상을 다스리는 근본은 결국 어머
니라는 가설이 성립되는 것이다. 따라서 시인은 어머니에
게 뿌리내린 발을 도저히 뽑아낼 수 없다. 그는 지금도 여
전히 어머니라는 토양 속에서 물 긷고 밥 짓고 잠자고 뛰어
논다.

이제 그 어머니가 굽은 등 위에 '하현달 하나를 얹어두고

도/ 마당에 신발 끌리는 소리'를 감출 수 없을 만큼 낮은 자세로 땅으로 돌아가는 중이다. '당신을 덜어낸 풋콩 한 단'이거나 '속 허름한 배추 한 포기'를 더는 건네줄 수 없다. '가랑비처럼 쓸쓸히 웃으며 내밀'던 이라는 과거 시제가 이를 증명한다. '당신이 고향인 줄 알고나 계시'라고 '울컥'거리지만 어머니는 언제나 있다. 가이아니까. 시인이 뿌리내린 대지의 신이니까.

수평을 잃어버린 시간이 흔들린다
목울대에 가둔 기침이거나 비명
단풍이 물들어가는 소리보다 빠르게
낯익은 시간들이 스쳐가고
저만큼 떨어져 흐르는 냇물처럼
푸르거나 창백한 얼굴이 붉게 물들고 있다

내가, 코스모스를 부른 적 있었던가

돌아눕던 마디 마디
단풍보다 뜨거운 기록이 쌓여

사방연속무늬 벽지처럼 끝끝내 갇혀 있어도
균형을 놓친 것들이 흔들리는
물속 같은 어지럼증이
쏟아지고 쏟아지고
그러니까 여기는 지금 껍질 속일까 껍질 밖일까

얼룩 가득한 거울 앞에서
나 혼자 흔들리는 중이다
어쩌면 물드는 중일 듯도 하다
수평은 멀미의 유일한 처방이겠으나
약효를 장담할 수 없는 위약일 수도 있다

　　　　　　　　　　　　　　　—「너라는 멀미」전문

　'수평을 잃어버린 시간'이란 어떤 시간일까? 제목에서 지시하듯 '멀미'에 관한 글이다. 멀미는 익숙하지 않은 주기적인 가속에 갑자기 노출될 때 나타나는 증상으로 어지럼증과 구토를 유발하기도 한다. 그저 가만히 있는 것만으로 가라앉는데 서미경의 멀미가 어떤 종류의 '시달림'에서 비롯되었는지는 불분명하다. '내가, 코스모스를 부른 적 있었'던가라는 자기 질문에 비추어 멈추거나 쉴 수 없는 각박한 현실과 그 현실에 부대끼는 마음의 '흔들림'을 얘기하고 있다고 보겠다. 즉, 이 시는 독자가 알아듣기는 하겠는데 고개끄덕일 분명한 주제가 안 보이는 모호성을 지니고 있다. 대체적 상관물로 불러온 '얼룩 가득한 거울'이거나 '껍질 속일까 껍질 밖'일까라는 흐트러진 생각이 멀미를 유발한다고 하겠다.
　'수평은 멀미의 유일한 처방'인 줄은 알지만 '약효를 장담할 수 없는 위약일 수도 있'다고 현대인의 불안을 짚어낸다. 시는 개인의 정서와 사상을 함의하지만, 여기서는 '너'라고 정의한 사회적 현상을 직시할 필요도 있다는 점을 간과하지 않은 시인의 태도가 성실하다.

3.

필자는 평론가가 아니다. 그러므로 간혹 이런저런 인연으로 쓰게 되는 이런 종류의 글에 꼭 써넣는 말이 있다. 나의 글은 평론도 해설도 아니고 그저 제시된 텍스트를 나름대로의 시선으로 자세히 살펴 읽는 충실한 독자에 불과하다는 점을 밝히는 것이다. 따라서 내가 읽어낸 서미경의 시 읽기가 모두 맞다고 할 수 없다. 독자란 언제나 제각각의 시선을 가지고 있기 때문이다. 이 시집을 읽는 모든 독자들께서 더 밝은 눈으로 살펴주시기를 바란다.

이제부터 시집 『헛것이 헛것을 기다리는 풍경』은 서미경의 시집이 아니다. 세상 밖으로 나가는 그 순간부터 독자들의 시집이 되는 것이다. 널리 사랑받는 시집이 되기를 바라며 첫 시집을 상재하는 서미경 시인의 문운을 빈다.

현대시세계 시인선 **133**

헛것이 헛것을 기다리는 풍경

지은이_ 서미경
펴낸이_ 조현석
기   획_ 고영, 박후기
펴낸곳_ 북인
디자인_ 푸른영토

1판 1쇄_ 2021년 10월 20일
출판등록번호_ 313 - 2004 - 000111
주소_ 121 - 842 서울 마포구 서교동 467 - 4, 301호
전화_ 02 - 323 - 7767
팩스_ 02 - 323 - 7845

ISBN 979-11-6512-133-4 03810
ⓒ 서미경, 2021

이 책은 천안시 문화재단에서 사업비 일부를 지원 받았습니다.